KB103483

바람의 등을 보았다

바람의 등을 보았다

김 윤 배 시 집

창비

차 례

제3부 ___

제1부

홀로페르네스의 마지막 성전

나는 홀로페르네스*의 정복을 꿈꾼다

네게 영혼을 헌정한 후 혀를 깨물어 순결한 피를 삼키고, 한 손으로는 심장을 움켜쥐고 다른 한 손으로는 아름다운 목선을 어루만지며 내 푸른 뼈마디로 놓인 계단을 오르는 일생이었다 구름이 잉태하여 하늘을 낳고 바람이 잉태하여 나무를 낳고 욕망이 잉태하여 내 거룩한 성전을 낳았다

내 마지막 출정은 대지에 뿌릴 봄이었다 봄은 칼끝에 매복되어 있었다 칼날이 베고 지나가는 자리마다 대지가 벌어졌다 대지는 어둠이었다 내 목이 어두워지고 다른 어둠이 내 비명에 찢기고 있었다 핏물이 쇄골에 고일 때 나는 내 성전이 한순간에 쇠락하는 모습을 보았다 욕망 위에 세워진 성전은 내 눈 안에서 허물어졌다

나를 꿈꾸게 한 것은 홀로페르네스의 피 흐르는 대지였다

대지는 욕망 위에 있었다

* 유디트를 사랑해 그녀의 칼날에 목을 내준 아시리아의 이스라엘 정벌 대장.

여름 한낮

순국(殉國)이듯 활련화가 모두 죽었다 겨울도 거뜬히 난
다던 화원의 젊은 여자 눈빛이 떠올랐다

매혹도 독이었다 죽음처럼 황홀한 너는 꽃잎이 날개였다
산맥 넘을 때 달빛은 날개 아래 강물로 흘렀다 영혼의 기착
지에서 황홀한 날개 접고 한 세기의 잠을 위해 날카로운 황
금 조각들 목구멍 깊숙이 털어넣었을 것이지만

너는 인간다움을 익힌 노비였다 배반을 알고 나서 황홀
하고 서러운 춤을 추었다 너는 춤이 목숨이었다 흰 복부 위
에 보랏빛 시간들 황홀하게 피어났다 보랏빛 시간들은 온
전히 너의 것이었다

내 척박한 땅에 잠시 뿌리 내렸던 활련화, 저 황홀한 서
러움

숨 멎는 줄 알았던 여름 한낮

양귀비는 밀교였다

밀교의 경전을 수음이라고 읽는다 감각세포를 세워 절정의 깊은 공간에 무리를 이룬 새들의 무덤을 탄식이라고 읽는다 그곳을 죽음의 향기라고, 혹은 작은 죽음이 이루는 감동이라고 읽는다

한순간 휘어져 내 습한 눈으로 드는 수평선을 중독이라고 읽는다 세포마다 달차근한 마취의 순간이 오고 뼈마디가 녹아 흐르는 선율을 매독의 향기라고 읽는다 홀로 피어 홀로 향기로운 날들을 오랜 기다림이라고 읽는다

현란한 의상에 꽃뱀을 수놓아 웃음마다 뱀의 혀를 숨기고 있는 연희를 비탄이라고 읽는다 관 속에 누워 자신의 조사를 듣는 순간에 흩날리는 꽃잎들의 달콤한 생을 저주라고 읽는다 이 황홀한 죽음을 환생이라고 읽는다

양귀비 꽃잎 하늘하늘 진다

여름날이 간다

매음녀가 있는 골목

나는 쐐기문자 속의 낡아지지 않는 햇빛을 질투하고
척추를 빠져나가는 수액으로 시야가 뿌옇게 흐려진다

격렬하게 휘는 허리에 쐐기문자를 박는
사내들을 구름이라고 적는다

쐐기문자를 음원이라고 말할 수 없다
쐐기문자에서 환희로운 신음소리 터지지만
내 노래는 황토판에 기록되지 않고
여자의 허리에 기록된다

나는 여자의 허리를 에덴이라고 부른다

여자는 수많은 사내들을 지하묘지로 보내고
허리에 박힌 쐐기문자를 뽑아 다시 사내를 겨냥한다
여자의 손을 떠난
쐐기문자가 어디로 날아가
사내의 심장에 박히는지 알고 있는

14

역 앞 골목

여자는 미친 듯 웃고 있다

내 몸의 중간숙주

나는 날아가는 앵무새의 등에 말을 얹는다 말은 늘 미끄러져내린다

나는 나무의 나이테를 세며 늙지 않는다 늙지 않는 욕망은 좌절이다

반투명 유리창 안에 거짓말을 꽃으로 피워올리는 나는 연탄재를 꽃으로 보지 않는다

속임수를 경멸하는 나는 돌 속에 무덤을 짓는다 돌무덤은 작은 바람에도 열린다

지루한 일상을 못 견디는 나는 삼중면도날로 나의 정맥을 깎는다 돌무늬가 돋아난다

나는 붉은 장미꽃 위에 영원한 이슬로 산다 살의를 찬미하는 시간은 검다

내 안에 서식하는 나는 홀로이며 여럿이다

인간이어서 아름다운 악마, 축구공에 다리가 없어 싫다고 하는 악마, 전쟁터에서 다친 군인의 초상화를 보며 눈과 왼쪽 심장을 다쳤다고 가슴을 치는 악마가 내 안에 서식한다

내 몸은 모든 나의 중간숙주여서 슬프다

몸 밖의 몸

몸 밖에서 몸이었던 것들의 더운 모습,
한때는 힘이었거나 노동이었거나 성욕이었던
냄새나는 저것들을 위해
몸은 성전이었다

성전이 낡아갔다
성전의 남루한 모습을 몸 밖의 몸이 보고 있다
무기력한 괄약근은 곳곳에 구멍을 열어두는 것으로
수치를 대신하고 싶었던 것이다
구멍은 구원이었다

통제되지 않는 배설의 쾌감이 낡은 성전을 감싼다
몸 안의 체온 위로 몸 밖의 체온이 흘러내린다
마치 자신의 손으로 자신의 욕망을 더듬는 자위 같다
이 뜨뜻한 낭패를 몸 밖의 몸이 먼저 느낀다
몸이었던, 몸이어서 홀로 쓸쓸했던 기억은
아래로 아래로 흘러내려 대지에 스민다

몸 안의 몸에서 몸 밖의 몸으로
나는 느린 발걸음을 옮긴다
나는 나에게 부드럽게 말한다

놀라지 마 고요한 강 때문인 거야

고요해서 슬픈 강물
몸 안의 몸에서 몸 밖의 몸으로 흐른다

청동거울 속을 나는 새

　국립청주박물관, 청동거울 앞에 섰네 거울 속에 살던 여
인들은 청동의 푸르른 녹으로 눈 뜨고 있네 새들은 뼈만 남
은 날개로 청동의 녹을 꽃가루처럼 흩뿌리며 날고 있네 여
인들 청동 눈빛이 흔들리네 청동의 몸으로 별을 부르는 여
인들 붉은 목젖 보았네

　여인들 천년을 날고 있는 새들의 움직이지 않는 그림자
를 찾아 청동거울 뒤편을 기웃거렸네 나 거울 뒤편에 숨어
사는 북방 남정이었네 새 한마리 품으로 날아들었네 파닥
이는 작은 심장을 내게 보여주었네 새의 날갯짓으로 황홀
하게 쏟아져내리던 황금의 말들 아침이 되면 이슬로 풀잎
을 굴렸네

　여인들 소리 없는 웃음소리 청동의 문 안으로 사라지고
청동거울 속 새들은 빗살무늬로 부식되어갔네 청동거울은
시간의 종단을 말해도 슬픔으로 일렁이네 새들의 그림자를
푸른 녹으로 기억하는 청동거울이 슬펐고 내 슬픔은 한 세
기쯤 되었네

바람옷을 입은 사내

여린 날개를 위해 바람은 방향을 바꾸지 않았다 여린 날개가 부력을 얻어 떠오를 때까지 바람은 뼈를 버린다 안개를 풀어 날개를 미몽에 들게 하는 일은 없다

날개는 바람의 결을 먹고 자란다 바람의 결에는 사람 냄새가 묻어 있다 수만년 사람 사이를 지나오며 바람은 눈동자를 갖게 되었다 날개가 바람 속에 숨겨진 눈동자를 품을 수 있게 되었을 때 바람은 날개를 등에 올린다

바람이 언제부터 날개를 증오하게 되었는지 모른다 날개가 거대해지면 바람을 길들인다 바람은 회오리로 말려 올라가며 자신의 성난 얼굴을 본다 날개의 파탄을 보기 위해 바람은 풍속을 얻는다 날개는 사력을 다해 바람과 마주 선다 날개는 찢겨 흩어진다

바람옷을 입은 사내가 흩어진 날개를 줍는다 낡은 바람옷 사이로 사내의 마른 정강이가 보인다

사흥리 보건진료소

내 청춘은 가혹한 집행이어서 비겁했다 검게 그을린 내 뼛조각들 들여다보며 울었던 날 있다 뼈마디에 음각된 우기의 날들은 축축한 기억으로 차 있었다 사흥리 보건진료소 앞에서는 누구나 축축한 청춘을 떠올리는 것이다

어린 초록뱀과의 조우는 예기치 않은 파탄이었다 한번도 만난 기억이 없는, 평생 마주치기 싫은 사내는 어린 초록뱀이었다 사내에게도 망설임은 있었을까 직선으로 세상을 파고든 것이 파탄을 부른 것은 아닐까 나는 보건진료소 앞에서 잠시 머뭇거리며 가야 할 길을 스스로에게 묻는 것이다 허름한 생을 예까지 끌고 왔다면 이쯤서 몸살이라도 나 보건진료소의 유리문 덜컹 열고 낯선 몸내 들일 일이지만 보건진료소는 예비된 병일뿐

나는 좀체 보건진료소 앞을 떠나지 못한다 보건진료소 유리창에 비친 내 얼굴은 검붉은 이중창이다 저 이중창 안에 어린 초록뱀 마음을 긋고 지나가는지, 사흥리 보건진료소의 흰 벽은 붉게 물드는 것이다

전기검침원

그는 거침없이 들어와
전기계량기 부스를 열고 소비전력을 읽는다
내가 써버린 시간들, 써버린 소리들, 써버린 영혼들,
써버린 강철 근육을 그가 다 읽는 것이다
그가 계량기에서 읽어낸 숫자를 기록하는 것으로
늑탈이 끝난 것은 아니다

그가 내 안으로 들어오는 순간
내 몸의 수많은 감시카메라 렌즈가 파괴되었다
강의 발원지는 말라버리고 봉인된 기록은 소멸되었다
내 몸의 지층은 연대기가 사라지고
몸의 지형을 감싸고 있던
부드러운 어둠이 빠져나가는 것이다

이제는
어둠이 깃들지 못할 나의 대지, 퇴화의 순명 앞에 놓인다

사강

내가 흐린 얼굴로 지나간 사강*은
바닷바람 속으로 울음소리 번지는 저녁 무렵을
건너고 있습니다 사강 지나 방파제에 갇힌
물소리에 내가 번져 있는 것을 본 것은
내 오래된 손등을 더듬던 작은 손입니다

종종 나 아닌 나를 본 작은 손을
사강 어둑한 거리에 세웁니다

한 사람의 영혼을 건너기 위해
나는 일몰 한권을 읽습니다
일몰엔 나이듦의 쓸쓸함이
몇 페이지씩 이어집니다

사강은 내 쓰여지지 않은 시행을 눕혀
멀리 산정 부근의 이깔나무숲을
기억나게 합니다 이깔나무의 그늘을 키우던
수많은 침엽들은 돌아가지 못하는 사람들

흐린 눈을 찌르고 듭니다

사강은 오래된 길 위에 놓이고 길은
서해를 품은 어둠 부릅니다

* 화성시 송산면의 옛 지명.

홀로움을 오래 바라보다

당신 홀로움*은 때로 둔중하고 때로 날카로워 영혼을 소스라치게 한다

영혼을 위한 번제, 멀리서 온 당신을 위해 아껴두었던 술병 뚜껑을 비튼다 술향기에 섞여 흐르는 짧은 침묵, 우정이란 홀로움을 서로 오래 바라보는 일이다 당신은 고즈넉이 취하여 소파에 잠시 눈 붙이고 꿈속에서 청룡사를 다시 찾는 것은 아닌지, 그때 길을 길이 아니라고 막아서던 스님의 눈빛도 맑고 깊은 홀로움이었다

인간에 대한 경계는 용서하지 못하는 두려움 때문은 아닐지 모든 경계에는 두려움이 있다는 것을 어찌 몰랐는지 사람에 대한 매혹을 버리는 일은 홀로움의 고뇌이다 빈 잔 속으로 늦여름 들어와 눕는다 사람을, 그 미혹과 열정을 아는 데는 얼마나 많은 홀로움의 시행을 버렸을지

세상의 사물들이 감당해야 할 홀로움이 이름인지 모른다 당신이 부르는 순간 불린 것들은 우주 속에 홀로 존재하는

것이다 시외버스 정류장에서 손 흔들어 홀로움의 시행을
보낸다 따스하게 차오르는 마지막 시행, 남은 자의 홀로움
이다

* 황동규 시인의 조어(造語).

알마겔은 내 문장을 더듬는다

자다 깨면 속이 쓰리다 갈매나무가 위 속에서 무성하게 자랐던 것일까 갈매나무 가지들이 위벽을 찌르는 것이 분명하다 북관(北關) 시편들의 오랜 폭식으로 위에 염증이 생긴 것은 아닐까 한마음내과 김박사의 내시경으로는 발견되지 않는 증상이다

김박사는 매년 꼭 같은 처방을 내린다 알마겔은 느리게 목구멍을 타고 내려가며 선망이나 질투 혹은 절망으로 얼룩진 내 문장을 더듬어 위에 이른다 그것으로 속쓰림은 잠시 조용해진다

한때는 청춘이나 고독, 혹은 안개 같은 더없이 낡은 말들이 낡아지지 않고 시가 되는, 요절한 시인의 문법이 내 위벽을 긁어 속 쓰리게 했다 내 위장은 낯선 것들로 출혈한다 낯선 말들, 낯선 문장들, 낯선 시대들, 낯선 정신들, 낯선 것들은 폭력이고 출혈이고 속쓰림이다 알마겔은 모든 폭력에 익숙하다 내 몸이 알마겔에 길들여진다

복원 불능

복원 전문가인 그녀가 내 하드디스크를 복원했다
밀봉해 넣었던 치명적인 일상들
영혼을 팔았던 이름들이 줄줄이 불려나왔다

지워진 문장을 부르는 목소리는 매혹이었다
매혹 앞에, 사라졌던 기호들이 되돌아왔다
기호들은 검은 모니터 화면을 숨가쁘게 흐르고
영원한 비의이어야 할 내 문장들은 발가벗겨졌다

그녀가 내 모든 것을 복원하지는 못했다
문자와 문자를 건너다녔던 환유의 숨결
혹은 문장을 이루기 전 나의 고뇌,
희망하고 절망하는 가슴은 복원하지 못했다

몸의 틈이 지르는 첫소리는 복원 불능이었다
마음의 틈이 지르는 끝소리는 복원 불능이었다

복원되지 않은 영혼이 영혼이었다

바람의 등을 보았다

모든 지명은 바람의 영토였다
한 지명이 쓸쓸한 모습으로 낡아가거나
새롭게 태어난다 하더라도
세상의 지명은 바람의 품 안에 있었다
지명은 바람의 방향으로 생멸의 길을 갔다
바람이 가고 싶은 곳, 그러나 갈 수 없는 곳이 있었다
바람의 등이었다
바람의 등은 바람의 영토가 아니었다
몸이었다 몸은 닿을 수 없는 오지였다
바람의 등은 온갖 지명에 긁혀 상처투성이였다

바람의 등은 상처 아무는 신음소리로 펄럭였다

나는 내 등을 보지 못했다 등은 쓸쓸히 낡아갔을 것이고
홀로 불 밝혀 기다렸을 것이다 내 몸의 오지였던 등을 어루
만지던 손길이 슬픔으로 출렁이던 기억이 있다 펄럭이지
않던 등, 상처를 드러내지 못하던 등으로 꽂히는 말의 화살
이 있었고 등으로 박히는 눈빛이 있었다 등으로 지는 붉은

해가 있었고 등을 타고 넘던 숨소리가 있기는 했다 내 등에
세상의 모든 소리들이 서러운 문양으로 새겨져 있을 것이
지만 등은 영원히 가닿을 수 없는 내 몸속 오지였다 살아
서는 닿을 수 없는 지명은 날마다 밤바다에 불빛을 쏟았다

   바람의 등은
   대지에서 태어난 아이들이 휘두르는 채찍으로 깊게 파
인다
   지명들이 비명을 지른다
   그리고 오랫동안 침묵한다

빙벽

이 돌은 제가 칼라파타르 정상에서
에베레스트의 일출을 바라보며 뜨거운 마음으로
가지고 왔습니다

나는 네 뜨거운 마음을 열어보지 않고 있다
고산병에 시달리며 네가 주워든 것은
수백년 만에 한 켜 자란다는 바람의 결은 아니었을까
내 낡은 책상 위 목 긴 물병에 꽂힌 산국 한 송이의
기억은 아니었을까 마음은 늘 병 언저리에 머물며
꽃처럼 시드는 것이어서
가슴이 아프다며 웃던 너를 이제는
칼라파타르 정상의 흰 돌 하나로 만날 수 있겠다

작은 세상 하나 마음에 이르기까지
그 여정을 눈물이라고 말하지 않았던 너는
누구에게나 분화구를 열었던
분노의 세월이 있을 것이고
죽음의 등정 후 설산에 묻을

순결한 영혼이 있을 거라고 말했다

죽음의 하산, 그 건널 수 없는 빙벽의
붉은 손톱자국을 네가 보내준
칼라파타르 정상의 흰 돌에서 만난다

마지막 정상 한 좌를 허락받지 못한 여자
신의 빙벽 계곡에 누워 있다

사람아, 이쯤서

눈이 내렸던가 아득하다 아득히
눈이라도 내렸던가 십년도 더 오래전에 내리던 눈이던가
흰 뼈마디를 풀자면 눈이라도 내려 쌓여야 하는 것인가
앙다문 뼈마디에 꽃잎이라니 오지 않은 꽃잎으로
입춘도 며칠 지나 실없이 웃음 헤퍼지는 뼈마디,
오지 않은 꽃잎 맞이하자면 십년도
더 오래전에 내리던 눈이라도 내려야 하는 것인가
뼈로 뼈를 채우던 긴긴 계절
눈이라도 오라 울었던가
그리하여 이제 경칩 가까이
바람조차 푸수수 가슴 헤쳐놓는 날
그 뼈마디들 완강한 침묵을
내려놓는다 하면 눈이라도
십년도 오래전에 내리던 눈이라도
저 낡은 뼈마디마다 내려 쌓여야 하는 것인가
사람아! 이쯤서 내 뼈마디 풀어야 하는 것인가

제2부

매향리 불발탄

1

폭음으로 붉은 흙이 몸부림쳤던 기억은
이명마다 통증으로 남아 있다

농섬은 바다를 향해 몸 낮추며 굴욕의 시간을 견디었다
매향리로 통하는 모든 길은 정맥이 검게 상했다
게들은 놀란 바다를 끌고 수많은 작은 구멍을 찾았다

벌겋게 녹슬어가는 터지지 못한 포탄들
해풍에 여생을 맡기고 있다

달빛은 불발탄 위에 위태롭다

2

터지지 못한 포탄들의 얕은 잠은 불길한 도화선이다

저 수많은 불발탄들, 산화의 먼 길을 돌아
다시 여기에 서게 되었을 때

불 댕기지 못했던 장약들
봄의 노곤한 잠을 버리고
세상 어둑하게 밝혀 검은 꽃등 달 불온한 꿈을 꾼다

조용히 녹슬고 있는 저 더러운 약속들

풍경

거미 한마리 배롱나무에 거미줄 치고 포획을 시작한 지
며칠 되었다 하루는 나비의 미라를 보았다 미라는 몇 겹의
거미줄로 정교하게 감싸져 있었다 미라는 하늘에 매장되었
다 하루는 잠자리의 미라를 보았다 잠자리의 날개가 살아
움직이고 있었다 바람은 잠자리의 날개를 떠나지 않고 있
었다

다음날 나는 살아 있는 거미의 미라를 보았다 보이지 않
는 거미줄에 정교하게 감싸여 회색 하늘 밑을 느리게 가고
있는 무수한 먹구름을 보았다 거미는 스스로를 제물로 바
쳐 거미줄 위에 영원한 무덤을 만들었다 바람은 거미의 미
라에 머물지 않았다

군주가 그의 고향에 묻혔다 함께 순장되고 싶었던 백성
이 수십만명이었다 들끓던 세상이 조용해지고 묘비명 없는
묘비가 세워졌다 날개를 달 수 없었던 그의 비상은 그 자리
에서 조용히 미라가 되고 있었다 미라를 정교하게 감싸고
있는 것은 소나무숲이 지른 비명이었다

나는 사라지는 것들의 우울을 믿는다

광부의 도시락

　광부의 도시락에는 나무젓가락이 밥 위에 대각선으로 놓여 있다 나무젓가락은 한 쌍의 마른 시신이었다 목관으로 된 광부의 도시락은 죽은 광부의 생에 대한 자술서였다

　캔버스에 옮겨진 검은 산은 그의 심장이었다 막장에서의 한 끼 식사는 죽음을 시식하는 의례였다 죽음은 그의 삽날 끝에 물큰하게 닿았다 폐에 석탄 분진이 탄층을 이루는 동안 그의 뼛속으로 언 눈이 날아들었다

　그의 나이프가 캔버스 위를 거칠게 달릴 때 검은 시냇물이 흐르고 검은 하늘로 검은 해가 지고 여자들은 검은 사타구니로 아이를 낳았다 아이가 노랗게 웃었다 아이의 웃음은 여자의 가슴속으로 노란 물길을 열었다

　그림 속 태백은 쥘 흙과 닐 땅* 있어 낙원이었다

　검은 근심과 검은 웃음과 검은 바람의 뼈들이 풍화를 견디고 있는 그 땅에 노란 태양이 걸린다 목관 도시락은 정물

로 남았다

*화가 황재형의 전시회.

검은 달무리

국과수 부검실, 온갖 억울한 주검들이 머물다 떠나는 곳에 그녀의 대지가 있다 포르말린 병 속에 너덜너덜 해진 대지, 깊은 어둠 한장 한장 넘기며 한 세기를 건너고 있다 대지는 캄캄하게 닫혀 있다 빗소리에 깨어 일어나 온몸 적시고 바람에 머리칼 풀어 강물 만들던 대지였다 포르말린 속으로 젖꽃판 설레던 달빛 풀어져 검은 달무리로 서고 있다

대지를 건너던 달은 회백색으로 부풀어 중천에 매달렸던가 회백색 달을 먼저 발견하고 낄낄거리던 밀정들이 있었던가 밀정들은 그녀의 대지에 묻혀 대지의 지층 속으로 걸쭉해진 피와 굽은 뼈를 흘려보내고 있었던가 대지는 무심히 그 풍경을 보고 있었던가

밤의 대지는 참담한 분화구였다 모든 씨방을 녹여버리는 대지에 뜨겁게 입 맞추던 사내들은 다시 머리를 들어 대지를 볼 수 없었다 그런 밤이 여러장 겹쳐왔다 달은 창백하게 대지를 건넜다 그녀의 대지는 경작이 허락되지 않는 신성한 땅이었다

홍련화(紅蓮畵)* 속 그녀의 눈빛이 어느 시간 위에 머물고
있는지 알 수 없다

*조선인 기생 홍련을 모델로 한 일본 화가 이시이 하꾸떼이(石井柏
亭)의 그림.

쎄븐스튜디오

1

흑백으로 배추잎맥 렌즈에 담으며 사진작가 문순우, 뼈가 시렸다 밭고랑에 벌렁벌렁 누워버린 수백수천의 문순우, 뼈대가 하얗게 드러난 문순우, 가슴이 뷰바인더 없는 사진기였다 가슴으로 찍은 흑백사진은 흑백으로 절규했다 눈물도 흑백이었다

2

어둠 속에서 서서히 드러나는 중세의 작은 성들, 집 없는 문순우 성마다 다른 창을 냈다 생각에 잠긴 수많은 성들, 문순우 마음속 거처서 창마다 불 밝힌다 중세의 야경꾼 성문을 나와 어둔 골목으로 든다 야경꾼의 긴 외투 자락이 어둠을 끌고 간다 어두워지는 육신 밤마다 순례하는 문순우, 새벽은 멀다

3

목울대 쉬지 않고 오르내리는 일그러진 얼굴로 폐(廢)라디에이터 바깥세상 응시하는 사내들, 은백색 금속판 속에

저처럼 많은 사내들 숨어 있었다 문순우, 폐라디에이터 속
으로 불러들이는 사내의 얼굴은 현상학적인가 막막한 질문
하나 금속판 결을 따라가다 무릎 긁혀 피 흐른다 피 흐르지
않는 질문은 없다 문순우의 작업실 쎄븐스튜디오는 수많은
질문들로 늘 피 흘린다

여유당 일기

다산은 여름 강 하염없이 보고 있다 지나간 세월이 강물 같아 문득 어지럽다 살아서 저 강물소리 들을 수 있다니, 깊어진 물소리 가슴 치고 나간다 강진 초당에서 그리워하던 강물소리는 계절 앞서 낡아가는 육신 넘었다 여유당으로 돌아온 후 강물소리 들으며 몇해 지났다 언제나 설레는 강물소리다 다산은 몸을 강물소리로 채워 자리를 뜬다 초록 강물은 부풀어 흐른다

다산은 정좌하고 큰절 마주 받는다 강물소리는 방 안 가득 젊은이들 몰고 온 초록 바람 냄새 안고 돈다 다산 환하게 웃는다 웃음 속으로 강진 푸른 바다 밀려온다 다산은 지그시 젊은이들 본다 이 젊은이들 있어 견딘 세월이지 초당 그을리던 달빛 아련하다

올해 동암의 이엉은 이었느냐 이었습니다 복숭아나무는 말라죽지 않았느냐 잘 자라고 있습니다 우물가의 돌들은 무너지지 않았느냐 무너지지 않았습니다 연못 속 잉어 두 마리는 자랐느냐 두 자쯤 자랐습니다 백련사 가는 길의 동

백꽃은 우거졌느냐 그렇습니다 올 때 이른 차는 따서 말렸느냐 아직 그러하지 못했습니다 다신계(茶信契)의 돈과 곡식은 축나지 않았느냐 그렇습니다[*]

묻고 싶은 세상을 어찌 다 물을 수 있었을까 젊은 분노를 묻으며 심은 복숭아나무와 흐린 달빛 아래 쏟았던 선혈의 동백나무숲이 미어져왔다

여유당 늙은 기왓장마다 망초 돋아 망초꽃 핀다
망초꽃잎에 달빛 자락 스쳐가는 소리 듣는다
오늘은 강물소리 멀다

시인아, 병 깊어서는 강물소리 들이지 마라

[*] 해배 후 고향으로 찾아온 강진의 두 제자, 기숙과 금계와의 대화
를 다산은 글로 써 그들에게 주었다.

찔레나무 덩굴을 읽다

찔레나무 가시덩굴 가득하다
찔레나무 덩굴을 떨기나무숲이라고
말하면 외연이 열리겠지만
외연은 가시가 아니다
찔레나무는 외연을 닫아버린 가시성채다

꽃과 잎의 기억을 가진 가시의 눈빛은 살벌하다
저 가시에 바람이 찢겨갔고
안개는 만신창이의 몸을 가까스로 수습해갔다

가시투성이의 찔레나무 덩굴
하얀 꽃그늘 속에
똬리 틀던 떼뱀
차갑고 물컹한 몸들 뒤엉켜
서로의 긴 혀를 건너가던 시간이었다
찔레꽃 향은 한순간 스러지는 매혹이었을 것이지만
매혹은 더 깊은 상처의 가시를 키웠다

은유의 가시에 피 묻히며

찔레나무 덩굴을 난독으로 읽는다

지도에 없는 마을의 저녁 한때

나는 지도에 없는 마을을 간다 아침 늦게 잠이 깨는 오솔
길은 가문비나무숲을 안았다 놓으며 바람 몰려가는 산맥을
넘는다 나는 생의 지문을 지우며 여기까지 왔다 생의 지문
을 지우면 길이 지워지고 바람은 마른나무 뒤로 숨었다 성
자의 모습으로 돌아갈 길을 찾는대도 지워진 길은 다시 나
타나지 않을 것을 안다 지도에 없는 마을이 생의 끝은 아
니다

내 안에 그려진 수많은 지도들은 축척이 뒤바뀌어 있다
방향을 잃지 않았다면 나는 이 마을에 닿지 못했을 터이다
지도에 없는 마을이었으니 겹겹의 등고선을 오르내리느라
등이 굽었다 등불보다 먼저 캄캄해지는 마을로 저물녘 바
람의 붉은 손톱을 물고 돌아오는 강물소리는 온몸이 신음
이다

마음이 무게를 버리고 나서 산맥을 얻었다 강물소릴 껴
안는 일은 강심을 구름 위에 올리는 일이었다 그리고 폭설
이었다 구름도 그 무게를 견딜 수 없었던 것, 산맥 위에 침

묵의 숨결로 쌓이는 희고 작은 날개는 지도에 없는 마을에 내리는 참회이다 나는 저 눈발들로 조용해진다 살아서 육탈을 보는 건 축복이다 멀리 등뼈가 희게 빛난다 등뼈가 흰 빛깔을 얻기까지 산맥은 얼마나 경건했을지

유목의 경사

여자는 은밀한 잠을 위해 깊은 침대를 찾는다
침대는 밤마다 모래언덕을 넘어왔다
여자가 붉고 끈적이는 어둠을 한입 물고
부르르 몸을 떨 때마다
모래 알갱이들이 사내의 등으로 쏟아져내렸다
사내의 등에 처음으로 피가 맺혔다
길을 버리고 길에 든 사내는 내상 깊어
마유주(馬乳酒)로 치유되지 않았다

여자는 사내 없이도 별밭을 경작해왔다
여자의 투명한 피부 속으로 별빛이 쏟아져내렸다
사내는 여자의 수줍은 손가락을 건너가며
별들이 웃는 모습을 보았다

여자는 초원의 낮은 능선을 따라
선율처럼 이동했다 모래바람은 마찰 없는 수레바퀴였다
사내는 이동하는 초원이었다
사내의 유목은 여자의 능선을 따라 경사가 달라졌다

드럼 속을 걷는 남자

과육 속에 모아두었던 투명한 햇살을 버릴 수 있게 한 것은 씨방에 숨긴 층층의 향에 대한 매혹이었다

산체아리모는 콜롬비아의 어둠에 익숙하지만 민속촌 입구 '여종훈 커피공방' 뜨거운 드럼, 연옥의 찬가 속에 몸빛 바꾼다 산체아리모인들 유목의 삶을 기꺼이 받았을까 커피 향으로 소신의 일생을 향 속에 펼쳐갈 때 이미 산체아리모는 정처 없는 길 위에 들었던 것이다

여종훈은 느리게 회전하는 드럼 속을 걷는다 드럼은 서서히 뜨거워진다 그의 발바닥이 불붙기 시작한다 그가 드럼 속을 질주한다 그의 생이 저 채도 다른 갈색의 향 어디에 머물고 있다 산체아리모가 열을 껴안아 갈색에서 고동색의 층계를 건너는 짧은 시간이 그가 그리는 아름다운 생이다

모든 생은 부드럽거나 쓰거나 혹은 부드럽고도 쓴 향 사이에 놓인다

시인 사냥

너는
극점을 지나 거대한 유빙을 어슬렁거리는 절대 고독자
만년설원의 길은 결빙의 틈으로 사라지고
달이 다시 작아질 때까지 휴식에 들었던 어금니의
공복이 너의 피를 서서히 식힌다

허기를 달려갈 대퇴부의 격렬한 긴장
피냄새는 백리 밖에서 죽음처럼 온다
너는 본능적으로 달린다
저 달콤하고 비릿한 유혹
오감을 열어 피냄새의 방향을 가늠한다
피냄새는 살아 있는 극점의 숨결이다

날카로운 칼날에 칠해진
붉은 피
너는 거침없이 핥는다
허기를 채워주는 따스한 시간
핥을수록 더 따뜻한 피가 솟아오르는 칼날

너는 날카로운 칼날에 혀가
스며드는 걸 감지하지 못한다
혈관을 출렁이며 흐르는 피를
날카로운 칼날이 모두 마실 때쯤
너는 앞 무릎을 꺾으며
깊은 잠에 든다
너의 잠은 칼날을 지나
수백 미터 결빙의 틈으로 스민다

더 날카로워진 칼날이 백야를 오래 밝힌다

가시떨기나무

모래바람이 가슴을 치고 나간다
가슴속에는
매일 모래산이 섰다가 허물어지고
산맥이 조금씩 자리를 옮겨 앉는다

영혼 또한
모래산으로 일어섰다 사라지거나
산맥처럼 조금씩 자리를 옮겨 앉았을 거다

가슴에서 나는 낙타 발소리가 텅 빈 몸 울린다
낙타의 보이지 않는 길이 사구(沙丘)를 넘는다

보이지 않는 길은
보이지 않아서 두려운 길이지만
보이지 않아서 두렵지 않은 길이다

그 길을 종일 걸어온 낙타
마른 가시떨기나무를 뜯는다

낙타의 입에 피가 밴다
누군가에게 헌정된 생이란 저 낙타가 뜯는
가시떨기나무여서
가시에 영혼이 찔려 피 흘리며
그 피를 마시는 일일 거다

헌정되지 않은 생이란 없다

토우 천사와 날치

날치를 도시의 하늘에 배치한 건 아내가 원통에서 구름까페를 폐업하고 나서였다 구름까페의 파산으로 내 방들은 날개를 달고 스카이라인을 넘어가고 있었다 포말이라는 말의 그늘을 본 나는 가슴을 쾅쾅 치며 여기에 날치가 난다고 아내에게 말했다 내 말 속에 선홍빛 피멍이 배어났다

날치가 나는 작품 아래, 손 시린 작업대가 있다 그곳에서 토우는 최초의 흙날개를 달았다 아내가 소리 죽여 우는 밤이었다 토우 천사가 날치처럼 바다 위를 날 수 있을까 토우의 등에 흙날개를 달아 토우 천사를 만드는 일은 구름에 대한 분노 때문은 아니었을까 구름 속에 숨겨진 우레를 짐작하지 못한 아내의 가는 손목에도 압류딱지가 붙었다 몇달 동안 수백의 아내를 만들어 흙날개를 달아줬지만 날아오른 아내는 없었다

날개를 적시는 아내의 눈물이 있어 지상은 따뜻했다 날치가 왜 도시의 하늘을 날아야 하느냐고 묻지 않는 아내가 홍조 띤 볼을 창에 댄다 쇠락해가는 저녁 햇살 위에 세운

도시의 그림자 길게 눕는다 내 가슴을 날던 날치, 도시의
불빛을 넘는다

　아내는 날 수 없는 날개와 날아서는 안되는 지느러미를
가진 것은 아닐까

오래된 몸

열흘째 황사, 저 흙먼지를 혈관 속으로 밀어넣는다
흙먼지는 점점 얇아지는 푸른 색깔의 하늘을 낳기 위해
거의 필사적이다 잠깐 태어나는 푸른 색깔의 하늘은
흙먼지의 수유를 지나 흙먼지의 품에서 옷을 갈아입는다
깊푸른 하늘이 흙먼지보다 오래 제국을 볼 수는 없다
제국은 오래된 오늘이지만 흙먼지는
오늘의 오래된 몸이다
흙먼지 들어차 흐르는 내 혈관은 먼 훗날의 흙먼지이다
심장이 흙먼지이고 눈알이 흙먼지여서
늑골 사이를 쓸고 지나가는 황사를 심장소리로
본다 흙먼지의 몸이 흙먼지 불려가는 세상을
열흘째 건너고 있는 걸

본다 하늘의 비밀이 되어가는 흙먼지를
본다 비밀이 되어가는 하늘을
본다 흙먼지 속을 대지의 몸으로 흐르고 있는 소금강을
본다 내가 더 조급해서 흙먼지로 일어서는 저녁을
먼 훗날의 흙먼지의 눈으로 본다

황사, 저 흙먼지의 생멸

북창에서 울다

그의 생이 내게 더 무거웠습니다
그 무거움이 길이었습니다
나는 북쪽*을 향해 갔습니다
북쪽에는 그의 젊고 가난한 아내와 낮은 성곽,
마천령산맥과 극빈의 시편들이 희고 아름다웠습니다
그를 잃고 있던 나는
그에게 가 그의 술벗이고 싶었습니다
경성(鏡城)을 생각하면 나는 서러웠습니다
서러워 북창에서 울었습니다
북방의 오랜 침묵 앞에서
혹은 말의 이른 단풍 앞에서
그가 얼마나 깊이 생각을 꺾었는지
그리하여 그 스스로를 내려놓기가
얼마나 큰 고통이었는지를
나는 짐작하지 못합니다
그가 꿈꿨던 세상이 무엇이든
어둠의 무게는 달라지지 않습니다
나의 북방도 그의 어둠도

상실로 빛나는 슬픔이어서
그 무거움이 내게 길입니다

*이용악의 시.

블랙박스의 날개

추락 후에 비로소 세계를 얻는 내게
추락은 다른 세상으로 잠입하는 비밀한 통로였다
순간과 순간 사이에 세워지는 성소에서
섬광처럼 이루어지는 제의로
몸은 어둠을 열어 주문을 새긴다

추락은 허공의 보이지 않는 무늬를 더듬는 일이었다
추락은 어둠의 형체와 불안한 균형에
검은 옷을 입히는 음울한 기도였다
추락은 모든 날개를 꺾어 비명 위에 놓았다
추락은 공중에서 지표로 지표에서 지하로 계속되었다
축축하고 무거운 열기로 검은 몸을 끌어당기는
지하의 본능은 치명적인 순간을 오래도록 기억했다
내게 세상은 어둠이었으며 기호였다

나는 누군가의 통곡으로 날개를 얻는다

제3부

동백, 보이지 않는

   1

삼천포 봄볕 따갑다

오래된 밥집 봄 그늘 앉기에 비좁고

억센 손으로 날라오는 생고등어국 입맛 당겨놓는다

냉이와 씀바귀가 오른 식탁은 양지바르다

누군가 소주의 그리움을 갯내음 선한 눈빛으로 말한다

봄에 취한 삼천포 골목집의 늦은 점심은 혼곤하다

나이를 짐작할 수 없는 시인은

두미도 붉은 동백이 숯불 같다며 뱃길을 재촉한다

   2

첫 나들이는 붉은 동백으로 설렌다

숯불 같다던 두미도 붉은 동백은

섬을 떠나 낯선 지명을 떠도는지

드문드문 붉은 마음 남아 있을 뿐인데

툭, 하고 수평선으로 커다란 동백 한 송이 진다

꽃 진 자리 붉어 나 오래도록 돌아서지 못할 때
두미도, 남해 속으로 조용히 가라앉는다

   3
동백숲에 영험하게 서 있다는 한그루 흰 동백나무는
쉬이 눈에 들어오지 않는다
섬의 거친 길을 타고 넘어 다다른 동백숲, 거듭 헤맨다
동백숲 사이로 붉은 해가 솟는다
동백숲이 깊은 생각에서 깨어난다
흰 동백이 이 붉은 시간을 견디지 못했을 것이다
나는 동백숲을 나와 해변으로 나선다
한참을 걷다가 뒤돌아본 동백숲,

아, 하고 나는 탄성을 지른다

그곳에 흰 동백이 안개 다발처럼 서 있는 것이다
숲 속에서는 보이지 않던 흰 동백이
숲 밖에서 보이는 것이다

후광을 거느리고 요요히 서 있는 흰 동백을
나는 보았다 말하지 않았다

   4
돌 속의 여자는 이미 떠난 후여서 만날 수 없었다
차가운 볼과 차가운 입술을 가진 여자,
피가 더워져 돌 속을 견디지 못하고 뛰쳐나간 여자
그 여자로 붉은 동백은 내 가슴에서 터지는 것이다

천년에 한 겹 생긴다는 돌의 무늬결이
세미하게 움직여간다

그녀가 돌아온다는 전언일까

포구에서 벚꽃의 시간에 젖다

포구에 바람 분다

오래된 숨소리가 파도 계단을 건너와
너의 흰 목덜미 스치는 소릴 들었고
이어서 짧은 탄성이 터졌으므로
만개한 벚꽃 그늘을 지나
수제 초콜릿은 뜨거운 몸이었다
몸은 파도가 일렁이는 시간에 빛났다
푸른 물결은 너를 놓아주지 않아서
파도의 혀끝에서 목을 젖혔다
벚꽃잎들 꽃비로 쏟아져내렸다

포구에 바람 분다

해안도로의 벚꽃은 보랏빛 입술을 굳게 닫고 있다
주황에서 자줏빛까지의 시간들을 거느리고
붉은 해가 바다를 엎지르고 있다

산수유

유두가 아려왔다 초유였다
여자는 목을 젖혀 웃었다
여자의 웃음으로 세상이 노랗게 물들었다
동상 앓았던 손가락에 몰래 봄바람을 걸던 여자였다

산수유 웃음을 거두는 시간쯤
여자의 머리카락이 붉게 물들었다
여자의 희고 긴 목은
붉게 물든 머리칼이 힘겨워 보였다

여자가 주기적으로 먹는 알약 속에
계절의 우울한 꽃들이 빠르게 지고 있었다

여자는 계절을 건너뛴 기억을 아무에게도 말하지 않았다
여자의 몸으로 들었던 계절이 붉은 열매를 남길 것이지만

계절은 낡아가고 뿌리들이 먼 길을 갔다

여자는 식탁의 빈 의자에 자주 눈길을 주었다
여자의 몸으로 새로운 계절이 드는 징후였다

여자의 눈썹창에 드리워졌던 노랑 커튼이 걷히고 있다

섣달 그믐날
까페 수인에서

붉은 해는 쿵 소리를 내며 호수 건너
차령산맥으로 떨어졌다

순간의 황홀한 소멸, 바람 눈물이 찻잔을 스쳤다
호반이 보랏빛으로 어두워질 때
끝 날을 함께할 영혼들
씰루엣으로 서 있는 굴참나무숲을 안았다
굴참나무숲으로 새들이 몰려갔다

너 몸을 떨었다

새들의 발자국이 찻잔에 찍히고 커피가 식어가는 동안
몇백년이 흐른 것을 몰랐다
일몰이 백년에 한번씩 온다면
너 내일의 일몰을 다시 볼 것이지만
그 자리에 내 찻잔은 놓이지 않겠다

흰 손이 부드러워지는 물빛을 건넌다

생의 경계를 이루는 물빛을 건너
내게 이른다면 흰 손은 심장이 되겠다

너 모르게 대지를 훔쳐본다
대지는 붉게 웃으며 허리를 어둠에 묻는다
저 붉은 웃음을 알고 나면 백년은 한순간이다

내 안에 구룡포 있다

갯바람보다 먼저 구룡포의 너울이 밀려왔다
너울 위에 춤추던 열엿새 달빛이 방 안 가득 고인다
밤은 검은 바다를 벗어놓고
내항을 건너고 있었다
적산가옥 낡은 골목을 지나
밤은 꿈을 건지는 그물을 들고 있다

너는 구룡포였으니 와락 껴안아도 좋을 밤이었다

내항을 내려다보는 비탈에 매월여인숙*은 위태롭다
해풍이 얼마나 거칠었으면 구룡포
올망졸망 작은 거처들을 열매로 매달고
어판장 왁자한 웃음들 꽃으로 피웠을까
켜지지 않은 집어등 초라한 배경 위에
구룡포 잠시 머물다 떠난
사람들 아름다워 목이 메었던 것이다

너는 구룡포였으니 와락 껴안아도 좋을 웃음이었다

그후

그후 그녀는 어찌 되었을까
조울증을 앓는다던 그녀, 시작(詩作)을 권한 것은
그녀의 주치의였다
그녀의 말이 가혹한 형벌 아래 놓이고
그 형벌이 조울증을 넘어서는 환희가 될 거라는
예진은 어떻게 되었을까

겉도는 거대한 뚜껑을 가진 일이 있어요 어떤 도구를 써
도 열리지 않는 세상을 상상해보세요 영원히 열리지 않는
세상을 열 수 있을 것 같은 날들이 계속되는 거예요 곧 네
거리가 보이는 자리에 양품점 하나 가질 수 있을 것 같은
무한욕망의 절정을 순간순간 체험하는 거예요 문득 영원히
겉돌아 열리지 않는 뚜껑으로 절망하는 나를 발견하고는
다시 절망하지요 저는 열리지 않는 세상과 싸우는 거예요
희망하고 절망하는 일이 계속되지요

그후 그녀가 시의 병동에서 걸어나오는 환한 모습 본 듯
하다

생가

이제는 햇살 움켜쥔 채 주저앉고 싶은 몸, 감이 붉게 익어가고 비파나무 그늘이 엷어지고 대나무잎 바람에 부딪쳐 조용히 울고 있는 낡은 몸이다 퇴락한 몸은 수많은 식솔들의 발소리를 기억한다 발자국 무게의 미세한 차이만으로 병의 깊이를 알 수 있었던 몸이었다

식솔들 모두 떠난 후 가끔 찾아오는 바람은 가벼운 발소리조차 남기지 않는다 노랑부리새 잠시 머물렀다 떠나면 죽음처럼 고요해지는 몸, 식솔들 마음의 무늬를 곳곳에 기록하고 있는 몸은 늘 허리가 눌린다 가끔 다시 찾던 식솔들 나직한 목소리 잊은 지 오래다 홀로 남아 시간의 폭력을 견디는 일이 참혹할 뿐, 이제 몸은 주름투성이를 살고 있다 오늘 오래된 몸에 가을볕 깊다 여러 겹의 무늬들이 마루 위에서 자리를 옮겨 앉는다

진해 김달진 생가, 갈바람 가득하다

청산 가자

순백의 바다를 보았습니다
당신 회고전, 바다는 잠들 수 없었는지요
맨발로 바다를 건너며 검은 물이랑 길게 끌고 가신
당신, 거대한 수묵화에는 우주가 담겨 있었습니다
당신의 시작과 끝이, 당신의 미완성과 완성이
순백의 바다에서 하나였던 것을 나는 몰랐습니다

모든 색과 모든 선을
모든 공간과 모든 시간을
당신 순결한 가슴에 담아
순백의 바다에서 출렁이고
출렁이기를 원했습니다
그것으로 당신 뼈는 늘 푸르게 빛나며
파도소리로 울었습니다

나, 우향(雨鄕)은 당신 거대한 정신 앞에 오랫동안
머물렀습니다

누가 그 웅혼한 세계를 이어
세월의 묵을 갈고 드넓은 한지 위를 걷겠습니까
당신 필담으로 고백한 사랑 기억합니다
강렬한 눈빛이 먼저였습니다

당신 내게로 오며 마련한 유택에서 보면
장려한 산맥들 이어집니다 당신 즐겨 그리시던
청산(靑山) 거기에 있습니다
오늘 누가 청산 뒤에 두고
소를 탈지요

화면을 가로지르던 흰말

그의 깊은 눈이 북한강을 향해 고정되어 있다

지난날 숨차게 전환하던 화면은 그를 격랑 위에 세웠다
하늘의 상석에 올려진 눈부신 꽃*은 유리 파편이어서 작은
유리 조각들 지금도 그의 핏줄을 따라 온몸 순례한다 그의
육신 한켠에는 늦봄까지 겨울이 물러가지 않는데 느린 강
물소리 산 그림자 조용히 껴안는다

죽음 같은 고요가 유리창을 겹으로 세운다 어둠이 느릿
느릿 오는 유리창으로 굴뚝새가 날아든다 굴뚝새에게도 유
리창은 파탄이었던가 한순간, 유리창 아래 침묵하는 날개
가 놓인다 굴뚝새는 침묵하는 날개로 유리창을 덮는다 굴
뚝새는 움직이지 않는 눈으로 거실의 느리고 지루한 풍경
을 보고 있다

그의 거실에서 안드레이 따르꼬프스끼의 느린 화면을 졸
면서 보았다 화면을 가로지르던 흰말이 혹 느리고 지루하
게 흐르는 삶의 출구였을까

2월의 자코메티

서종갤러리는 연꽃 연작 그림으로 화사하다 시인은 나직
나직 말한다

*햇빛이 가득 비치던 작은 교정에서 여러분은 항상 모여
떠들고, 노래하고, 시를 읊곤 했습니다. 가끔 리라초등학교
를 거쳐 남산을 오르기도 했는데 큰 은행나무에 매달린 노
란 잎 사이를 걷는 것은 여간 행복한 일이 아니었습니다*

제자들은 늘 조용하면서도 강건한 힘이었던 시인의 가슴
으로 빨려들어간다
서종갤러리가 움칠 몸을 뒤챈다

제자들은 깊은 서재에서 홀로 창밖을 오래도록 응시하는
스승을 본다

*오늘 이처럼 아름다운 내 생애가 한권의 책으로 내 앞에
놓였습니다 표지의 자코메티는 1965년쯤 내가 좋아하는 화
가의 화실에 들렀다가 만났는데 그때 굉장히 감동적이었어*

요 자코메티의 모든 것이 시였어요

제자들은 시인 앞에 놓인 『최하림 시전집』에 마음을 얹는다
스승의 따스한 체온이 건너온다
시인은 잠시 눈을 감는다
봄꽃을 아내와 함께 볼 수 있을까

고요히 흐르는 북한강 물소리가 가슴에서 출렁인다
시인의 아름다운 집이 아프다 그후 강물소리 조심스럽게 멀어져갔다
서종의 작은 길들, 산등성이를 넘어가는 바람의 옷깃들, 유리대롱처럼 반짝이는 햇살들, 보랏빛으로 물드는 저녁 무렵의 산자락들이 시인의 눈빛을 감싼다

다시 여유당에서

이른 봄,
산색에 흔들리며 창백한 그가 강가에 서 있다
산줄기들, 가파른 능선 강물 속 급류를 안는다
그가 회한의 시선을 던져넣던 강물은
흐르는 듯 흐르는 듯 멈추어 있다

산 그림자 풀리다 만 강물 건넌다
강심에 이르러 휘청 산허리 위태롭게 꺾인다

수종산 보면 수종산이었던
그, 북한강 보면 북한강이었던
그, 이제는 물머리 어지럽지 않은 산자락 서늘한
나이에 이르러
얻은 병이었다

병 깊으며 지나온 삶의 행간을 뒤돌아본다
병 얻어 비로소 깊어진 운문이었다고
허리 넘어 차오르는 강물 보며

세상을 향해 밝은 귀를 열고 있는 사람은
상수리나무숲에 영혼을 바친다

까마귀떼 날아오른다

영혼들이 몰려가는 저 붉은 상수리나무숲

평동 중고자동차매매센터에서

이미 수십만 킬로미터를 달려온 낡은 문장들이다
은유의 백미러는 구름을 낳지 못하고
소실점은 느리게 뒷걸음질친다
그래도 문장은 문장이어서 아직은
바람이 행간을 이루는 침묵의 틈으로 스며들고
초겨울 붉은 해가 키워드의 핸들을 잡아 돌린다
키워드는 완강하게 버티지만
어디로 가자는 것인지 모르는 바는 아니다

수없이 타고 내려 닳아버린 시어의 시트에선
오래된 시인들의 땀내 자욱하다
말이 이처럼 퇴색하기까지
시간 속을 전력으로 질주했던 기억을
계기판은 숨기지 않는다
적어야 몇만 킬로미터 많으면 수십만 킬로미터를
말들은 달렸던 거다
파격의 기대와 설렘으로
이미지들의 탱탱한 팽창을 즐기던

쾌속의 날들이 있었다
네 바퀴가 된 이미지들
접지면에 닿아 뜨겁던 이미지들
종착지를 모르던 이미지들, 그러나
지금은 닳아빠진 이미지들을 찾아나선
누군가를 기다린다

겨울 마곡사

사람을 건너는 일은 두려움이었다 붉은 발로 건너야 하는 산사의 겨울비는 건너지 못하는 두려움이었다 겨울비 속에 남아 있는 사람의 체온이 두려웠다 사람은 눈밭 흰 발자국에 고여 있고 겨울 산사는 붉은 발을 받아주었다 법당 앞에 가지런한 수십켤레의 신발들은 백팔 배를 마치고 나올 붉은 발들 기다렸다 겨울비가 기다림을 적시고 산사의 두려운 적막을 적시고 있었다

겨울비는 산사를 찾은 두려운 자들 두려운 천수를 겨울 숲으로 세운다

붉은 발은 겨울비에 젖어 족문이 풀리어 절마당으로 스민다 세상의 무수한 길이 낸 족문, 길은 아직도 끝나지 않은 두려움이다 대웅보전 돌아나오다 얼핏 스친 공양보살의 뺨 바알갛다 겨울비, 그녀의 흔들리는 눈빛 보았나보다

동안거 끝나면 나서게 될 길, 그게 붉은 발이었던 것을 산문 나선 후에 알았다

제4부

곡비(哭婢)

　지난겨울 산문 밖은 유난히 추웠습니다 아름드리 적송
얼어 밤 지새우고 상모솔새 한마리 적송 붉은 가지에 언 발
재웠습니다

　상모솔새 아침마다 창에 와서 섧게 울었습니다 그 겨울 얼
음장 밑으로 흐르는 물소리조차 잦아드는 울음이었습니다

　쩌엉쩌엉 얼어 터지는 얼음장 속으로 길 나섰던 일 있습
니다 투명한 빗장 열리지 않았던 새벽을 상모솔새 대신 울
었습니다

　산문은 음산했고 영혼을 달랠 선율 검게 그을려 날아다
녔습니다 상모솔새 산문 넘어 추운 날개 접었는지 울음소
리 들리지 않았습니다

　그후 얼음 풀리고 언 흙들 스스로를 풀어헤칠 때 적송들
민들레 노란 웃음소리 맞았습니다 혹 민들레 웃음 뒤에 상
모솔새 울음 들릴까 기다렸습니다

봄날

봄 석남사, 산벚 뜨거운 꽃두덩 석남사 수키왓장 받아들인다 봄빛 수키왓장 위에 녹아 흐른다 산비둘기 절집 용마루 넘으며 한바탕 봄을 앓는다 풍경소리 자지러지게 터진다 봄 안에 봄을 거스르는 저 풍경소리, 혹 불타 안에 불타를 거스르던 순례자들 있었겠다

저 생명들이 절집을 세우고 허물어 자목련 꽃등 번뇌 깊다 뛰어내릴 절마당에 화엄의 세상은 펼쳐질 것인지, 가지 끝마다 다시 불 밝힐 보랏빛 꽃등 남겨놓아야 하는 것인지, 혹 백년쯤 지나 새로 피운 꽃등 위에 석남사 고즈넉한 절집 올려놓을 수 있을지, 자목련 꽃등 번뇌는 점점 깊어진다

자목련 꽃그늘에서 봄 앓던 사내

풍덩, 하늘호수로 뛰어든다

독배와 꽃술

장수규 시인에게

어느 달을 볼 것인가
도시의 창마다 달 하나씩 매어놓은
사내는 CF감독이었다

콜로라도 사막에서 찍은 박진감 넘치는
삼성 SM5의 급회전은 환상이었다
환상은 그후 한 헐렁한 사내를 매몰시킨
끝 간 데 없는 어둠이었다

사내는 초단위의 시간과 목숨을 걸고 싸우는 검투사였다
매일 날카로운 칼끝에 심장을 내주었다
사내의 심장은 갈비뼈를 부수고 뛰쳐나가
수표 위에서 팔딱거리곤 했다
생과 사를 건너가는 시간의 단위는 3초였다
3초는 우주만큼 넓고 깊었다
3초의 마법에 걸려드는 여자들이 도시의 불빛을 밝혔다
사내는 물신의 영매였다

사내에게 생을 내준 안타까운 영혼을 위해
진혼곡을 부르며
더럽고 아름다운 밤을 내려왔다
사내는 사십이 되자 스스로 무너졌다

백일 동안 백편의 시를 썼다

백일이 사내가 든 독배라면 시는 소신(燒身)의 꽃술이겠다

소소산방

그 남자의 한 칸짜리 소소산방(蕭蕭山房)
방문은 푸른색 자물통으로 채워져 있다
산방 주인은 지금쯤 어느 별에 머무는지
물고기좌에서 건너다보면
산방은 아득한 지척이다
물고기좌에서 굽는 생선 냄새가
푸른색 자물통을 흔들지만
요지부동,
산방을 감싼 공기층이 딱딱하게 굳어 있다
격자문 한지창이 누렇게 변하는 동안
바람소리도 빗소리도 방문을 두드리지 않았다

소소산방을 떠나던 날
그 남자는 바람소리로 관을 짰다
빗소리가 그 남자를 운구했다
어느날 표표히 돌아올 것을 생각하고
저 푸른색 자물통을
비틀었을 남자는

돌아오지 않고 있다

푸른색 자물통은 오늘도 착란의 기다림이다

일몰

황사도 처음으로 돌아가고 싶은지 등을 꺾는다
황사의 처음은 대지에 무게를 올려놓고
세상을 조용히 건너다보던
암석의 뜨겁고 둔중한 가슴이었다
황사는 떠나온 그 가슴 향해
수수만년 황무한 땅을 휩쓸어가는 것이다
황사를 거칠게 기른 건 대지이다
대지는 바람의 어미였다
바람이 황사의 노예가 된 것은
황사가 달려가고 싶은 방향 때문이다
방향이 얼마나 많은 낙타를 슬픔에 들게 했던가
낙타 등으로 황무한 저녁이 오는 시간, 노을이
제 몸 붉게 흐르는 핏물을 멀리 광야에 뿌린다
먼 광야에서 느린 걸음으로 다가오는 묵음이
낙타의 길고 순한 눈썹을 떨게 한다

고산사에 배를 매다

컹컹컹 개 짖는 소리는 잔설 앉힌 풍경을 흩고 있다 겨울의 끝자락에 서 있는 절집은 사문을 닫아 녹음으로 들려주는 독경이 정박 중인 목선을 맴돌고 있다

목선 한척을 이곳까지 끌어오기 위해 선승은 얼마나 오랜 안거 견디었을지를 생각한다 늙어버린 목선은 절마당 끝나는 언덕배기에 매여 있다 고통의 바다, 거친 파도에 출항 이후 줄곧 시달렸으니 난파의 유혹은 얼마나 달콤했을지, 유혹을 견디며 접안한 고산사(高山寺)는 영원한 휴식처여서 목선은 조용히 풍화에 드는데 선승은 하선하지 않는다

오늘 밤 선승은 닻을 올려 기어코 달빛 항해를 하려나보다 컹컹컹 개 짖는 소리가 바다 거친 협곡 흔든다 오래도록 사람 오르지 않는 고산사, 출항 기다리는 목선 성근 옆구리로 무디어진 바람 드나든다 머잖아 계곡물 소리 몸에서 들을 수 있겠다

그녀의 속눈썹

누란 소하묘 유적, 그들의 삶을 건넌다
바람이 모래언덕을 몰아간다
모래언덕이 서고
모래언덕이 사라진다
바람은 모래언덕으로 생멸의 문장을 완성한다

모래언덕에 호양나무 붉은 기둥의
궁전을 세우고 붉은 기둥마다
주검의 푸른 등을 모랫바닥에 새겼다
주검의 등은 각각 문양이 달랐다
등의 문양은 순간의 회돌이여서
지하 수맥의 흐름을 멈추어 서게 했다

그녀의 속눈썹은 지하 수맥이 어떻게 방향을 바꾸며
새로운 오아시스를 지상에 올려놓는지
지상의 역사가 몇백년이나 기록되는지
황홀하게 지켜보았다
그녀의 속눈썹 위 켜켜한 사막의 흙먼지가

바람에 쓸려가고 나서
깊은 눈과 날카로운 콧날이
출토의 눈부신 고통을 견딘다

모래언덕이 다시 서고
지하 멀리서 물소리가 들린다
그녀가 잠시 눈을 떴다 감는다
그녀의 바람몸이 들려나간 자리에
젊어 서러운 등의 문양이
살아 있는 혈흔으로 남는다

경전 위의 길

불안해하는 손들을 고산마을에 남겨두고
마지막이 될 순례길에 나선 부사 씨는
그 자신이 길이었다

폐 속에 남아 있는 생은 가파르고 위험한 길이었다

붉은 해가 느리게 설산을 넘는다
수레는 비탈길을 쉬엄쉬엄 오른다
수레를 포기하고 길 위에 누워
설산을 눈동자에 담았으면 좋으련만
그는 무아경으로 길을 끈다
병 깊은 길은 마지못해 끌려온다

그의 길은 경전 위에서 자주 흔들린다

함께 순례길 나선 젊은 순례자들 먼저 라싸에 닿아
십만 배를 올리고 있을 즈음

그는 폐 속의 가파른 길을
뉘엿뉘엿 오르고 있다
수레를 장식했던 색색의 깃발들은 보이지 않는다

그의 길이 언젠가 수미산에 이를 것이다

수레에서 맑은 물소리가 들린다

체즈베의 시간

뻬쩨르부르그 뒷골목 벼룩시장에서
체즈베를 만났다 그을음이 그대로인
체즈베에서는 분노의 불내음이 묻어났다
아르메니아 들불 보인다

시리아 사막으로 쫓기며
가까스로 불을 지펴
붉은 모래를 달구었을,
달군 모래 위에 체즈베를 올려놓고
불안한 휴식을 가졌을
아르메니아 사람들 두려웠던 눈망울
체즈베에 새겨져 있다

야생의 커피향으로 위안이었을
아르메니아 사람들은
감옥이었던 사막을 사랑했다
원두는 마지막 피난처였다
열사(熱沙)를 마시고

눈알을 모래로 덮었던 수많은 영혼들
체즈베에서 뜨겁게 끓어오른다

체즈베, 저 뜨거운 열탕 속에 피 묻은
비명 솟구친다 피바람이었던 강제이주
체즈베는 은신처였다

제국은 어느 시대나 살육의 축제로 저물었다

헐거워진 바다

헐거워진 바다를 본 것은 왜목*이었다
어두운 시간을 건너 얼음 조각들은 해안으로 밀려와 있
었다
생의 뒤란으로 밀어넣고 싶었던 겨울 바다가 있었던 것
이다
왜목 바다 끝내 품을 수 없었던 얼음 조각들이었다

섬들을 품느라 헐거워진 바다는 해무가 그리움으로 자라
는 동안 조용했다

품는다는 것은 헐거움을 건너는 일이었다
바람은 낡은 목선을 품으며 헐거워져 고물을 맴돌았다
갯벌은 출렁이는 늙은 어깨들을 품으며 헐거워져 달빛에
누워 잠들었다

멸치떼의 은빛 침묵을 품지 않으면 해초의 이파리들은
헐거워지지 않는다
품는 몸과 헐거워지는 몸으로 스며드는 해무가 왜목을

낯선 곳으로 끌고 간다

　해무가 걷히자 왜목 횟집 골목은 호객 소리로 붐빈다
　저 골목도 언젠가는 헐거워질 것이다

　더럽혀진 얼음 조각들이 헐거워진 체온을 모래톱에 기
댄다

*충남 당진에 있는 마을.

복사꽃의 증언

매화는 얼음 풀리지 않은 연못에 꽃그늘 던졌다

매화는 삼년을 시경재(詩境齋)에서 보내고도
서 있는 자리가 늘 불안했다
꽃숭어리는 빈약했고 가지는 작은 서리에도 창백했다
욕망 밖에서 바람을 맞고 보내는 계절이었다
연못의 작은 물결에 놀라 흩어지는
매화꽃 그늘을 보는 일로 하루가 갔다

매화 뿌리에서 붉은 가지 올라왔다
붉은 가지는 반란이듯 자랐다
붉은 가지에 봄 얹혔다 복사꽃이었다
매화 뿌리에 복사꽃이라니
아니다 복사 뿌리에 매화꽃이라니
한평생 춥게 살아도 향기를 팔지 않는다는 매화 아니던가

복사 뿌리에 얹혀
복사 뿌리의 노역으로

꽃숭어리를 터뜨리고
연못에 하얀 꽃그늘 던지는 매화였노라고

복사꽃은 증언한다

4월

벚꽃, 계절을 이탈한 듯
마음을 터뜨리지 못하고 있다
푸른 일탈을 보려고 봄날을 황사 위에 놓았다
일몰이 가까워지며
산줄기가 푸른색을 입는다
푸른 산줄기는 벚나무숲을 물컹한 어둠으로 이끈다

절연을 말한 후 빈 눈으로 바라본 '새'
김환기의 판화 '새'는 푸른색의 절망이었다

통화권역 안에서 다이얼이 이루는 세계가
온갖 언어의 형식을 얻어 빛나던 시간 있었다
지독한 열망은 푸른색의 김환기를 의심하고
한 사랑을
통화권 밖에 놓았다

시간은 어디에 놓이더라도 누추한 거처이다

마침내 '새'를 대신할 판화 한점이

4월, 꽃망울 벙글지 않는 벚나무 군락 푸른 나락이다

청상

세사를 청상(淸賞)해야 하는 나이에 이르렀다 가슴으로
오는 바람 설레며 맞고, 등뼈 너머로 사라지는 별빛 허허로
이 보내고 싶다 세사의 청상은 몸에서 시작된다

마침내 산맥 오르는 붉은 해의 옷자락 이깔나무숲 스치
는 소리 듣고 있다 세사는 온갖 소리여서 수십년을 소리에
묻었다 소리는 여인이었으며 대지였으며 제단이었다

나는 계절을 기다리지 않았다 계절은 언제나 늦게 왔다
어제는 그녀가 다녀갔다 붉은 접시의 단감 한쪽을 집는 손
이 조심스럽게 말랐다 손이 먼저 청상을 알았는지 아쟁산
조에 가늘게 떨린다 그녀가 떠나가자 해가 산맥을 넘었다
언 호수가 소리를 닫은 지 며칠째이다

달빛

바람은 사구(沙丘)들을 사육하고
사구가 자라면 가시나무 군락을 낳는다
바람의 자궁은 늘 찢겨 있다

계절이 가시에 걸려 돌아가지 못하고 낡아갔다
양떼를 부르는 목동의 휘파람도 낡아갔다
바람은 낡을 줄 몰랐다
무게를 알게 한 흙먼지의 힘이었다
사구는 낙타들의 이정(里程)을 볼모로 잡았다
사구는 별자리를 잃은 낙타의 발자국을 묻고
곧이어 대퇴골을 묻기도 한다
바람은 수십 킬로미터씩 사구를 끌고 간다
바람은 달빛 껴안아
어린 사구 하나를 벗어놓고 떠난다

달빛이 어린 사구를 수유한다

사랑(하는 자)의 말, 불가능한 재귀의 운명
김수이

1

어떤 사랑의 주체는 죽음이 눈앞에 닥쳤음에도 계속 질주한다. 막연한 미래의 가정법으로 죽음을 각오하는 사랑보다 한 수 위다. 만일 사랑의 주체를 죽이려는 자가 바로 사랑의 대상이라면 사랑의 맹목과 비극성은 완전무결에 달한다. 죽음을 불사하거나 괘념치 않는, 혹은 모르는 사랑은 지극히 순정하다. 그만큼 위험하다. 이 사랑에는 논리도 미래도 윤리도 없다. 순정에 비례하는 가속도가 있을 뿐이다. 순정이 이 사랑의 논리고, 위험과 가속도가 이 사랑의 유일한 미래며 윤리다.

아이러니하게도, 또 온당하게도 사랑의 주체와 대상은 같은 이름을 가졌다. '사랑하는 자'(lover)다. '사랑하는 자'는 누군가를 사랑하는 누군가의 이름이자, 누군가에게 사랑받는 누군가의 이름이다. 사랑하는 나, 사랑하는 당신, 사랑하는 그/그녀, 사랑받는 나, 사랑받는 당신, 사랑받는 그/그녀, 내가 사랑하는 당신/그/그녀, 당신이 사랑하는 나/그/그녀…… 실제로 이들은 모두 '사랑하는 자'로 불린다. 사랑하는 자는 사랑의 주체와 대상, 사랑의 모든 인칭을 혼용한 모호하고 유연한 이름이다. 존재의 위상과 인칭에 대한 초월적 특권이 사랑하는 자에게 부여되어 있는 셈이다. 사랑하는 자는 사실 처음부터 이 특권을 갖고 있었다. 그러니까 사랑하는 자는 사랑의 주체와 대상을 아우르는 범(凡)위상이자, 사랑의 1인칭과 2인칭과 3인칭을 아우르는 범(凡)인칭이다. 존재의 분화된 위상들과 인칭들을 통합하는, 매우 특별하고도 흔한 존재의 상태이자 움직임들의 이름이다. 사랑하는 자의 문법으로 다시 쓰면, 사랑의 주체는 사랑하는 자를 사랑하는 자이며, 사랑의 대상은 사랑하는 자가 사랑하는 자이다. 애초에 분리가 불가능하며 불필요한 경지. 실제로든 상징적으로든 사랑하는 자들이 자주 '죽음'으로 얽히는 연원이 여기에 있다. 사랑에 내포되어 있는, 사랑의 이름으로 행해지는, 사랑이 불러일으키는 갖가지 죽음/죽임(의 욕망)들.

사랑에 관련된 이들을 모두 '사랑하는 자'로 부르는 근거는 바로 '사랑'이다. 사랑은 떨어진 존재와 존재를, 어긋난 시간과 시간을, 벌어진 말과 말을 비약적으로 연결하고 합

한다. 감정이자 욕망이자 행위이며, 가치이자 존재방식이며, 어쩌면 무(無)일 사랑은 흐르는 물길과 바람의 속성을 지녔다. 끝없이 이어지는 사랑의 말들이 그 증거다. "사랑하는 자가 말하노니……" 그러면 이것은 누구의 목소리이며, 누가 누구에게 하는 말인가. 사랑하는 자는 말하는 자인가, 듣는 자인가. '나' '당신' '그/그녀'는 사랑하는 자인가, 사랑하는 자의 사랑하는 자인가, 사랑하는 자를 사랑하는 자인가.

　이 의문들은 사랑하는 자의 말이 실은 이미 스스로 발화하고 있는 '사랑의 말'임을 알게 한다. 오로지 시의 말만이 홀로, 스스로, 말로 존재할 수 있고 '발언할' 수 있다(하이데거)고 할 때, 시의 말은 사랑의 말과 본질이 같다. 화자가 말을 선택하는 것이 아니라 말이 화자를 선택하는 이 말들은 사려 깊은 경청을 필요로 한다. 다시 하이데거에 기대면, 시의 말을 경청한다는 것은 아직은 친숙하지 않은 '도래하는 어떤 것'에 집중하는 것이며, 그러므로 경청하는 자는 모험하는 자인 동시에 기다리는 자이다. 이 해석은 사랑의 말을 경청하는 자에게도 그대로 적용된다. 시의 말을 경청하는 자는 사랑의 말을 경청하는 자와 다른 사람이 아니다. 시와 사랑은 같거나 비슷한 것을 필요로 한다. 시인과 '사랑하는 자'는 동일한 혈통이거나 서로의 다른 이름이다.

2

  "사랑하는 자가 말하노니……"김윤배의 시는 이렇게 시
작하는 사랑하는 자의 말이며, 사랑의 말을 경청하는 자의
말이다. 발화의 서두가 한결같은 대신(이 부분은 생략되어
있다), 이어지는 문장들은 복잡하고 의미층이 두껍다. 위상
과 인칭을 가로지르며 흐르는 사랑(하는 자)의 말들은 김
윤배의 시에서 다양한 무늬와 결로 짜인다. 그가 사람, 삶,
자연, 시, 시대현실 등을 열애하는 동안 시의 화법과 풍경은
바뀌었고 사랑의 심층은 깊어졌다. 『강 깊은 당신 편지』(문
학과지성사 1991)의 정통 연시(戀詩) 계열과 아픈 시대를 증
언하는 『떠돌이의 노래』(창작과비평사 1990) 계열이 마주 보
는 자리에, 사랑에 바치는 무한한 헌사와 사랑의 소멸에 바
치는 애도사가 또다른 흐름을 형성한다. 김윤배의 근황은
여전히 "낯선 것들로 출혈"(「알마겔은 내 문장을 더듬는다」)하
며, "부드럽거나 쓰거나 혹은 부드럽고도 쓴 향 사이에 놓"
(「드럼 속을 걷는 남자」)여 있다. 시간이 흐를수록 사랑의 매
혹보다 참혹을 천착하는 쪽에 기우는 것은 그가 예기치 않
게 맞닥뜨리는 사랑의 '낯선' 풍경들 때문이다. "흰 소금의
결정으로 부활한 시간 속에/네가 없다 소멸 위에 꽃 핀/참
혹한 시간이 있을 뿐"(「혹독한 기다림 위에 있다」, 『혹독한 기다
림 위에 있다』, 문학과지성사 2007). 김윤배에게 사랑은 뜻밖에

도, 계속해서 낯설다. 그가 욕망하는 사랑이 그런 모습이어서일 수도 있다.

그 자신 사랑하는 자이며, 사랑(하는 자)의 말을 기록하는 자로서 김윤배는 말과 말하는 몸에 대한 자의식으로 지극히 예민하다. 그는 사랑의 말이 사랑의 몸을 만드는 과정에 감각을 집중한다. 사랑의 몸이 사랑의 말을 증폭하고 생성하는 과정에도 온 신경을 곤두세운다. 김윤배는 사랑의 말을 자신이 가진 능력을 다해 경청하는 자, 이를 위해 끊임없이 사랑의 몸을 살피고 단련하는 자이다. 이것이야말로 사랑하는 자의 기본자세이며 정체성인데, 이는 사랑의 기원과 동력이 사랑의 말과 몸임을 깨닫는 체험을 통해 구축된다. 사랑이라는 생의 최대 사건에 휘말리는 순간, 사랑하는 자는 그간 세계로부터 배운 많은 경계들이 허물어지는 것을 본다. 사랑이 자신의 몸을 사용해 말하는 것을 듣고, 급기야 사랑이 스스로 말할 수 있도록 몸을 내준다. 하지만 사랑의 말을 몸으로 받아들이는 것은 그리 즐겁거나 행복한 일만은 아니다. 말과 몸이 변형되면서 새로운 말-몸을 만드는 데에는 고통이 따른다. 비명 속에 들추어진 과거의 기억들은 또다른 욕망의 시간을 예고하기까지 한다. "말이 탱탱해지고 말이/벌어지고 말이 말속을 파고들어/비명을 지른다 말의 변형으로 시작되는/몸의 기억은 욕망으로 얼룩진다"(「몸의 기억」, 『혹독한 기다림 위에 있다』).

김윤배는 사랑의 참혹과 폭력성을 직시함으로써 존재와 삶의 심연에 더 가까이 다가간다. 『바람의 등을 보았다』에서 그는 '죽음'에 초점을 두고 사랑의 말을 기술한다. 단말마의 비명, 신음, 통곡, 침묵, 묵음, 피의 언어 들이 죽음의 외연을 이룬다(이때 죽음은 생물학적 죽음을 포함하지만, 동시에 그것을 훨씬 넘어선다). 죽음은 어떤 사랑에 부가되는 예외적 재앙이 아니라, 모든 사랑에 수반되는 보편적 귀결이다. 상징적으로 또는 실제로, 삶의 총체적 맥락에서, 사랑하는 자는 사랑으로 인해, 사랑하는 자로 인해 죽는다('사랑하는 자'가 사랑의 주체와 대상의 같은 이름임을 환기하자). 김윤배의 말처럼 "누군가에게" "헌정되지 않은 생이란 없"(「가시떨기나무」)는 것이다. 적어도, 사랑하는 자는 자신이 사랑하는 것들──자신, 타자, 사물, 삶, 세계── 속에서 죽음에 이르는 것을 피할 수 없다. 사랑의 과잉과 결핍, 죽음의 내용과 방식 등에 차이가 있을 뿐이다. 모든 생명체의 죽음이 사랑의 완결 내지 파국을 연출하거나 연상하게 하는 것도 동일한 맥락이다. "순국(殉國)이듯 활련화가 모두 죽"(「여름 한낮」)고, "죽음의 향기"로, "혹은 작은 죽음이 이루는 감동"으로 "양귀비 꽃잎 하늘하늘"(「양귀비는 밀교였다」) 지고, "한때는 힘이었거나 노동이었거나 성욕이었던/냄새나는 저것들을 위해" "성전이었"던 몸이 낡자, "고요해서 슬픈 강물/몸 안의 몸에서 몸 밖의 몸으로 흐른다"(「몸 밖의 몸」). 죽음의 풍경에는 사랑의 풍경이 어떤 형태로든 어른거리거나 스며들어 있다. 그 역도 성립한다.

사랑이 죽음과 같은 방향을 향할 때 삶의 균열은 폭주하며 흘러넘친다. 노쇠한 육체에 주름이 많아지는 것과 흡사하다. 김윤배는 사랑이 빚어낸 파열과 범람의 현장을 누비며 사라진 말들을 경청한다. 그가 가장 주목한 인물은 홀로페르네스다. 사랑하는 유디트에게 죽임을 당할 때 홀로페르네스는 한 욕망이 다른 욕망을, 욕망이 사랑을, 사랑이 삶을 파열하는 극점에 있었다. 사랑의 균열이 사랑하는 자의 목숨과 말을 순식간에 삼켜버린 것이다.

나는 홀로페르네스의 정복을 꿈꾼다

네게 영혼을 헌정한 후 혀를 깨물어 순결한 피를 삼키고, 한 손으로는 심장을 움켜쥐고 다른 한 손으로는 아름다운 목선을 어루만지며 (…) 욕망이 잉태하여 내 거룩한 성전을 낳았다

내 마지막 출정은 대지에 뿌릴 봄이었다 봄은 칼끝에 매복되어 있었다 (…) 핏물이 쇄골에 고일 때 나는 내 성전이 한순간에 쇠락하는 모습을 보았다 욕망 위에 세워진 성전은 내 눈 안에서 허물어졌다

나를 꿈꾸게 한 것은 홀로페르네스의 피 흐르는 대지
였다

──「홀로페르네스의 마지막 성전」 부분

　유혹한 자와 유혹당한 자, 죽인 자와 죽은 자의 말은 어
긋나면서 부유하고, 부유하면서 공존한다. 유디트와 홀로
페르네스의 독백이 교차하는 시적 장치는 두가지를 겨냥
한다. 첫째, 배반의 연인이 '나'라는 주어를 공유하는 장면
을 통한 비극적 사랑의 아이러니 현시. 둘째, 파멸한 사랑
내면의 목소리의 복원. 각기 1인칭으로 말하는 남녀의 혼
재된 목소리는 존재와 몸과 말의 분열을 암시한다. 존재와
몸의 갈라진 틈에서 새어나온 말은 자신의 출처로 돌아가
지 못하고 비명이나 침묵으로 허공을 떠돈다. "새의 날갯짓
으로 황홀하게 쏟아져내리던 황금의 말들 아침이 되면 이
슬로 풀잎을 굴렀네"(「청동거울 속을 나는 새」), "지명들이 비
명을 지른다/그리고 오랫동안 침묵한다"(「바람의 등을 보았
다」). 왜 이런 일들이 도처에서 일어나는 걸까. "내 안에 서
식하는 나는 홀로이며 여럿이"고 "내 몸은 모든 나의 중간
숙주"일 뿐이어서 내게서 "말은 늘 미끄러져내"(「내 몸의 중
간숙주」)리기 때문이다. 존재와 몸과 말이 안팎으로 갈라져
있으므로, 예컨대 *"몸의 틈이 지르는 첫소리"*와 *"마음의 틈*

이 지르는 끝소리는 복원 불능"(「복원 불능」)이다. 애초에 발화의 주체와 내용이 불분명하므로, 말의 복원은 실체 없는 대상을 향한 불가능한 꿈이 된다.

김윤배가 유디트와 홀로페르네스의 독백을 재구성함으로써 도착한 지점은 아이러니하게도 사랑의 말의 복원이자 그 불가능성이다. 사랑하는 자에 의해 집행된 홀로페르네스의 죽음은 사랑의 말이 복원되어야 할 필요성과 복원 불능의 딜레마를 압축한 실제 사건이자 상징이다. 필요성과 불가능성의 상충은 복원되지 않는 것들이 자신의 고유한 본질을 스스로 증명하는 근거가 된다. "복원되지 않은 영혼이 영혼이었다". 이 명제는 다른 가치있는 것들을 주어로 얼마든지 다시 쓰일 수 있다. 복원되지 않은 사랑이 사랑이다, 복원되지 않은 시간이 시간이다, 복원되지 않은 말이 말이다…… 김윤배는 이 "닿을 수 없는 오지"와도 같은, 각각의 존재와 실재의 내재적이면서도 외재적인 몫을 "바람의 등"(「바람의 등을 보았다」)이라고 비유적으로 명명한다. 풀이하면, 시간의 등, 삶의 등, 죽음의 등, 말의 등, 존재의 등……

바람이 가고 싶은 곳, 그러나 갈 수 없는 곳이 있었다
바람의 등이었다
바람의 등은 바람의 영토가 아니었다

몸이었다 몸은 닿을 수 없는 오지였다
바람의 등은 온갖 지명에 긁혀 상처투성이였다

바람의 등은 상처 아무는 신음소리로 펄럭였다

나는 내 등을 보지 못했다 등은 쓸쓸히 낡아갔을 것이
고 홀로 불 밝혀 기다렸을 것이다 내 몸의 오지였던 등을
어루만지던 손길이 슬픔으로 출렁이던 기억이 있다 펄럭
이지 않던 등, 상처를 드러내지 못하던 등으로 꽂히는 말
의 화살이 있었고 등으로 박히는 눈빛이 있었다 (…) 내
등에 세상의 모든 소리들이 서러운 문양으로 새겨져 있
을 것이지만 등은 영원히 가닿을 수 없는 내 몸속 오지였
다 살아서는 닿을 수 없는 지명은 날마다 밤바다에 불빛
을 쏟았다

—「바람의 등을 보았다」부분

신음으로 얼룩진 "상처투성이"의 "바람의 등"은 존재와
몸과 말의 역사가 기록되는 아이러니의 공간이다. 홀로페
르네스를 포함해 지워진 사랑의 몸과 말들이 거주하는, 절
대적 필요성과 불가능의 공간. "상처를 드러내지 못하던 등
으로 꽂히는 말의 화살"에 의해 "세상의 모든 소리들이 서
러운 문양으로 새겨져 있을" "내 등"은 존재와 몸과 말이

서로에게서 분리되고 소외되어온 징표 자체이기도 하다. '바람의 등'이 '바람'이 가닿을 수 없는 유일한 곳인 역설(逆說)은 "살아서는 닿을 수 없는 지명"들을 갈망하는 자들에 의해 사랑의 말이, 시가 계속 씌어질 수밖에 없음을 역설(力說)한다.

역설은 다시금 반복된다. 실패의 운명을 잘 알고 있음에도 김윤배는 사라진 말을 되살리는 무상한 노력을 멈추지 않는다. "나는 날아가는 앵무새의 등에 말을 얹는다". 예상하고 각오하지 않은 것은 아니지만, "말은 늘 미끄러져내린다"(「내 몸의 중간숙주」). 그럼에도 김윤배가 '앵무새의 등에 말 얹기'〔시 쓰기〕를 포기할 수 없는 것은 두가지 죽음의 운명을 버텨내기 위해서다. 하나는 인간으로서 거스를 수 없는 "퇴화의 순명"이며, 또 하나는 시인으로서 처절하게 감내해야 하는 '시의 공복과 허기'다.

그가 내 안으로 들어오는 순간
내 몸의 수많은 감시카메라 렌즈가 파괴되었다
강의 발원지는 말라버리고 봉인된 기록은 소멸되었다
내 몸의 지층은 연대기가 사라지고
몸의 지형을 감싸고 있던
부드러운 어둠이 빠져나가는 것이다

이제는

어둠이 깃들지 못할 나의 대지, 퇴화의 순명 앞에 놓인다

—「전기검침원」 부분

너는

극점을 지나 거대한 유빙을 어슬렁거리는 절대 고독자

만년설원의 길은 결빙의 틈으로 사라지고

달이 다시 작아질 때까지 휴식에 들었던 어금니의

공복이 너의 피를 서서히 식힌다

허기를 달려갈 대퇴부의 격렬한 긴장

피냄새는 백리 밖에서 죽음처럼 온다

너는 본능적으로 달린다

(…)

날카로운 칼날에 칠해진

붉은 피

너는 거침없이 핥는다

허기를 채워주는 따스한 시간

핥을수록 더 따뜻한 피가 솟아오르는 칼날

—「시인 사냥」 부분

사랑하는 자가 사랑하는 자에 의해 죽고, '욕망의 성전'이 헌정 대상에 의해 몰락하는 홀로페르네스의 운명에서 김윤배가 본 것은 결국 자신의 운명이었다. 그리고 이것은 살아 있는 우리 모두의 운명이기도 하다. "느리고 지루하게 흐르는 삶의 출구"(「화면을 가로지르던 흰말」)로 나갈 방법이 달리 없기도 하지만, 이것 말고 따로 구할 바 역시 별로 없다. 삶의 출구 쪽에 위치하고 있을, 살아서는 닿을 수 없는 '등'은 상처투성이로 신음하며, 닿을 수 없으며, 굽었다. 사랑의 등마저 예외가 아니다. 김윤배에 의하면, 살아가는 일은 이 '등'에 이르기 위한 '불가능한 재귀'의 과정이며, 그 '겉도는' 시간들을 필사의 의지로 감내하는 과정이다. "문득 영원히 겉돌아 열리지 않는 뚜껑으로 절망하는 나를 발견하고는 다시 절망하지요 저는 열리지 않는 세상과 싸우는 거예요 희망하고 절망하는 일이 계속되지요"(「그후」). 김윤배의 아직 "쓰여지지 않은 시행"(「사강」)들이 이 '등'의 길을 계속 걸어가리라는 것은 자명해 보인다. "지도에 없는 마을이었으니 겹겹의 등고선을 오르내리느라 등이 굽었다 등불보다 먼저 캄캄해지는 마을로 저물녘 바람의 붉은 손톱을 물고 돌아오는 강물소리는 온몸이 신음이다"(「지도에 없는 마을의 저녁 한때」). 이 신음이, '사랑하는 자' 김윤배가 끝내 포기하지 않고 적어온 사랑의 말이며, 시다.

金壽伊 | 문학평론가

  몇달에 한번씩 북한강을 보러 갔었다. 강물 위에서 햇빛
이 낡아가는 모습을 보았다. 강이 저물기 시작하면 강물소
리를 가슴에 채워 돌아오곤 했다.

  내 사랑은 오래되었고 내 사랑은 새롭게 시작되었다. 그
것이 강물이었다. 한순간 꽃비가 강을 채우기도 했다.

                              2012년 6월 詩境齋에서
                                      김윤배

창비시선 348

바람의 등을 보았다

초판 1쇄 발행 / 2012년 6월 20일

지은이 / 김윤배
펴낸이 / 강일우
책임편집 / 전성이
펴낸곳 / (주)창비
등록 / 1986년 8월 5일 제85호
주소 / 413-120 경기도 파주시 회동길 184
전화 / 031-955-3333
팩시밀리 / 영업 031-955-3399 편집 031-955-3400
홈페이지 / www.changbi.com
전자우편 / literat@changbi.com
인쇄 / 상지사P&B

ⓒ 김윤배 2012
ISBN 978-89-364-2348-3 03810